Christophe Colomb

Texte de **Madeleine Deny**

Illustrations de **Grégory Blot**

ES-TU PRÊT À DEVENIR UN AMBITIEUX AMIRAL, à naviguer sur l'océan Atlantique, à explorer de nouvelles contrées ? Eh bien, que dirais-tu de devenir **Christophe Colomb**, ce navigateur averti ?

Je t'accompagnerai avec **Jamy** tout au long de ton chemin. À chaque page, tu devras prendre la bonne décision pour avancer. Tu seras renvoyé d'une page à l'autre jusqu'à la fin de l'histoire.
Comme il y a plusieurs histoires dans ce livre, tu pourras le lire plus de **dix fois** sans vivre la même aventure. Certaines fins seront heureuses, d'autres un peu moins... mais je sais que tu repartiras toujours d'un bon pied !

À la fin de chaque épisode, Jamy te donnera de **précieuses informations** pour en savoir un peu plus sur Christophe Colomb et la découverte de l'Amérique. Les mots difficiles, suivis d'un astérisque (*), sont expliqués à la dernière page.

Un dernier conseil avant de partir : méfie-toi des récifs cachés, des tempêtes, des Indiens caraïbes, et même de ton propre équipage.

CHOISIS BIEN TON CHEMIN !

C'EST PAS SORCIER

QUANT À MOI, JE TE RETROUVERAI À CHAQUE FIN D'AVENTURE POUR UN PETIT TOPO...

Les topos de Jamy

TU Y TROUVERAS À CHAQUE FOIS, rassemblées sur une seule page, des informations passionnantes. Rien ne t'empêche de les lire indépendamment de l'histoire !

Direction : les « Indes » !

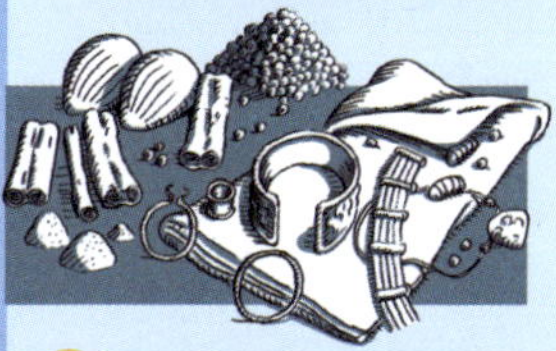

Naviguer

Découvrir les îles

Découvrir le Nouveau Monde

1

Il t'en a fallu, de la volonté et des efforts, pour mener à bien ton projet. Plus de huit années à supplier le roi du Portugal, puis le roi et la reine d'Espagne de financer ton extraordinaire idée : traverser l'océan atlantique vers l'ouest pour atteindre les Indes.
À l'aube de ce vendredi 3 août 1492, te voilà enfin arrivé au bout de tes peines. Face à la mer, près de Palos, un port au Sud de l'Espagne, tu vérifies le chargement de tes trois navires. Désormais, plus rien ne pourra t'empêcher d'atteindre ton but, sauf peut-être un de ces naufrages si fréquents dans les eaux agitées de l'Atlantique...
Ta vie et celle de tes hommes sont désormais entre tes mains !

DIS-MOI, JAMY, CES GRANDS VOYAGES, À QUOI SERVAIENT-ILS ?

À CETTE ÉPOQUE, FRED, LES EXPÉDITIONS ONT D'ABORD UN BUT COMMERCIAL. JE T'EXPLIQUE.

Les routes commerciales vers l'Asie

Depuis le 13e siècle, les commerçants vénitiens vont en Chine par la route, qu'on appelle la « route de la soie ».

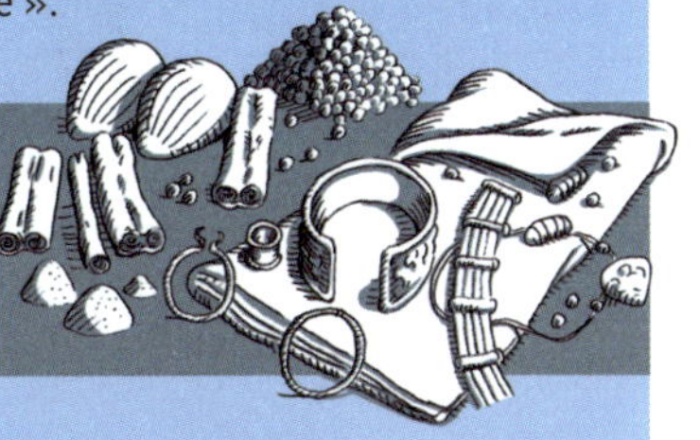

Les épices (cannelle, poivre), la soie et l'or qu'ils rapportent éblouissent les Européens qui donnent très cher pour les posséder. Les commerçants, tout comme les États, comprennent vite l'importance du **commerce** avec l'Orient.

Hélas, en 1453, c'est la **guerre** ! Les Turcs Ottomans s'emparent de Constantinople et barrent ainsi la route aux convois qui partent vers l'Asie. Pourquoi ne pas passer par la mer ? Mais quelle direction prendre ?

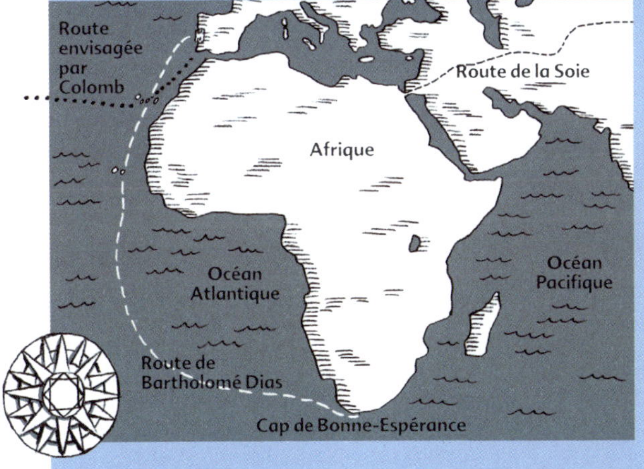

Le **roi du Portugal** pense qu'il faut contourner l'Afrique pour poursuivre vers l'**Est**. Il n'a pas tort, puisque **le cap de Bonne-Espérance** est franchi en 1487 par Bartholomé Dias. Il découvre ainsi l'océan Pacifique, encore inconnu, et ouvre la première route maritime vers l'Asie.

Comme l'Espagne et le Portugal sont à cette époque engagés dans une guerre commerciale sans merci, **Isabelle de Castille, reine d'Espagne**, finit par faire confiance à Colomb en 1492. Colomb est persuadé que, puisque la terre est ronde, on irait plus vite par l'**Ouest**. Ce projet est très risqué ! Car à cette époque, on ne sait pas ce qu'il y a de l'autre côté de l'océan Atlantique. D'ailleurs, il n'arrivera jamais en Orient, mais découvrira sur son chemin une terre inconnue...

2

– Levez l'ancre !

Tes cheveux roux fouettés par le vent, ton visage tourné vers l'horizon, tu cries tes premiers ordres.

Aussitôt, les trois navires appareillent* et quittent le port : deux caravelles*, la Niña et la Pinta, commandées l'une par Vincente Pinzon et l'autre par son frère Martin, tous deux armateurs* de Palos ; et la Santa Maria, le navire amiral placé sous ton commandement.

Les bateaux voguent. Sous tes ordres, le timonier* dirige la Santa Maria. Dans ta cabine de capitaine, tu établis le premier tracé du voyage sur une carte.

– À nous les palais aux tuiles d'or, les richesses de Cipangu[1] et du Cathay[2]…

Mais tes songeries sont interrompues par l'appel du maître d'équipage : la Pinta semble avoir un problème de navigation.

SI TU DÉCIDES D'ALLER VOIR CE QUI L'INTRIGUE, VA EN 26.

SI TU PRÉFÈRES ENVOYER UN MARIN AUX NOUVELLES ET RESTER DANS TA CABINE, VA EN 33.

1. le Japon.
2. la Chine.

3

À peine as-tu quitté la rade* que l'homme en vigie* te fait signe. La Pinta de Martin Pinzon est de retour !

– Vous voilà donc de retour, chargés de tout l'or de l'île de Babèque ! cries-tu au capitaine, qui s'approche bord à bord de la Niña.

– Hélas non, mon amiral*, nous rentrons bredouilles…

– Les juges régleront cette affaire en Espagne, lui réponds-tu sèchement.

Le lendemain, vous faites votre dernière escale au Sud de Cuba. Vous pénétrez en canot dans un fleuve à l'extrémité de l'île. L'embouchure est large et profonde. Le sable de ses rives est couvert de grains d'or aussi gros que des lentilles !

– Mon obstination a fini par payer ! t'écries-tu.

SI TU DÉCIDES DE CONTINUER TON CHEMIN VERS L'ESPAGNE, EN RAPPORTANT UN PEU D'OR POUR PROUVER TA DÉCOUVERTE, VA EN 40.

SI TU PRÉFÈRES ENVOYER LA PINTA PRÉVENIR LES HOMMES RESTÉS SUR L'ÎLE D'HISPANIOLA, PENDANT QUE VOUS LES ATTENDEZ ICI, VA EN 7.

Tu descends dans ta cabine. Tu te plonges une fois de plus dans la lecture de tes cartes en grommelant.

– Mon pauvre Colomb, te voilà bien ennuyé. Tu as compté plus de 800 lieues depuis l'Espagne. Si tu as dépassé Cipangu, ce n'est pas de sitôt que tu pourras toucher terre et remplir les cales de poudre d'or…

Tu es tiré de tes idées noires par un mousse qui entre dans la chambre pour t'apporter ton dîner. Il arbore une mine réjouie.

– Mon amiral*, regardez ce qui vient de tomber dans mes filets : un morceau de roseau et une planche. La Niña a même vu une branche chargée de fruits tout près de sa coque : cette fois-ci, c'est sûr, la terre est proche ! Il ne faut pas virer de bord…

SI TU TE LAISSES CONVAINCRE PAR CES SIGNES ET DÉCIDES DE NE PLUS CHANGER DE ROUTE, VA EN 41.

SI TU PRÉFÈRES ÉVITER L'ORAGE QUI DEVIENT DE PLUS EN PLUS MENAÇANT, VA EN 17.

5

Pendant que la Pinta dérive en espérant atteindre la grande Canarie sans trop de dommage, tu poursuis ta route avec Vincente Pinzon jusqu'à l'île de la Gomera, à quelques lieues de là. Que de déceptions ! Le bateau susceptible de remplacer la Pinta n'est qu'une épave, les vivres que tu as commandés mettent un temps fou à arriver sur les navires, tes marins traînent dans les tavernes… Plus d'un mois bloqué ici ! Tu commences à perdre patience, lorsque l'on vient te prévenir que la Pinta est entrée au port. Martin Pinzon a solidement réparé son gouvernail et t'a rejoint !

– Nous n'attendions plus que vous, capitaine ! lui dis-tu sans lui faire part de tes infructueuses affaires. Nous appareillerons* dès que les vivres seront à bord.

SI TU DÉCIDES DE PROFITER DU VENT D'EST POUR VOGUER EN TOUTE SÉCURITÉ, VA EN 9.

SI TU PRÉFÈRES ATTENDRE UN VENT D'OUEST POUR FILER À VIVE ALLURE, VA EN 8.

6

Campé sur tes deux pieds, la tête haute, tu déclames d'une voix tonnante.

– En ma qualité d'amiral* des mers océanes, c'est moi le seul maître à bord. Le premier qui ose s'opposer à moi fera la traversée à fond de cale ! Jamais mutinerie* ne se fera sur un navire commandé par l'amiral Christophe Colomb, vice-roi des nouvelles terres d'Espagne.

Hélas pour toi, ton discours ne convainc personne. Il déchaîne les hommes qui se précipitent vers toi. Plusieurs marins te jettent à l'eau, avant de virer de bord pour essayer de rejoindre l'Europe.

QUEL DOMMAGE QUE CET ÉQUIPAGE NE T'AIT PAS FAIT CONFIANCE !

MAIS AU FAIT, JAMY, NOTRE HÉROS ÉTAIT-IL VRAIMENT BON NAVIGATEUR ?

S'orienter en pleine mer

À cette époque, pour naviguer, il faut compter sur l'expérience acquise pendant les voyages en mer. Un bon pilote connaît les vents et les courants, et se repère grâce à la hauteur du soleil et la position des étoiles. C'est ce que fait Christophe Colomb : une fois la terre disparue derrière l'horizon, il navigue « à l'estime », et dispose de peu d'instruments.

Le quadrant

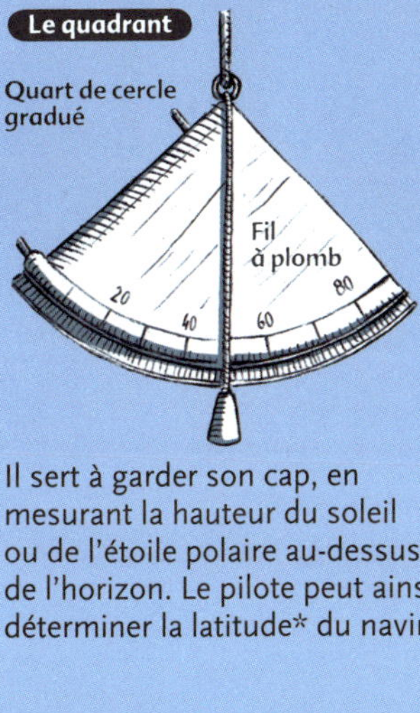

Il sert à garder son cap, en mesurant la hauteur du soleil ou de l'étoile polaire au-dessus de l'horizon. Le pilote peut ainsi déterminer la latitude* du navire.

La boussole

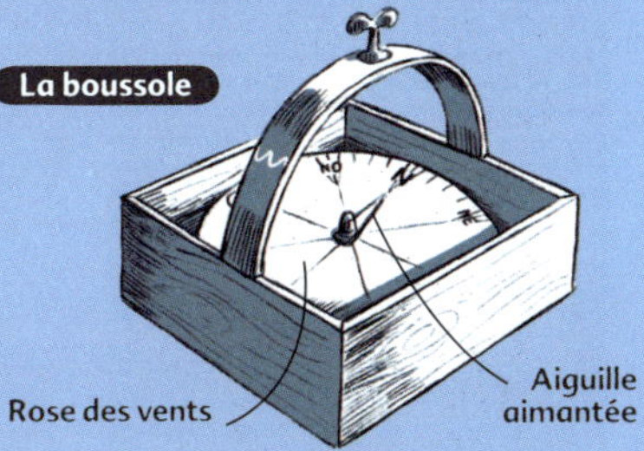

Même par temps couvert, l'aiguille aimantée indique toujours le Nord. Collée sous la rose des vents, où figurent les 4 points cardinaux, elle permet de choisir une direction et de la garder.

Le sablier

On mesure le temps écoulé en retournant le sablier toutes les demi-heures, ou toutes les quatre heures selon sa taille.

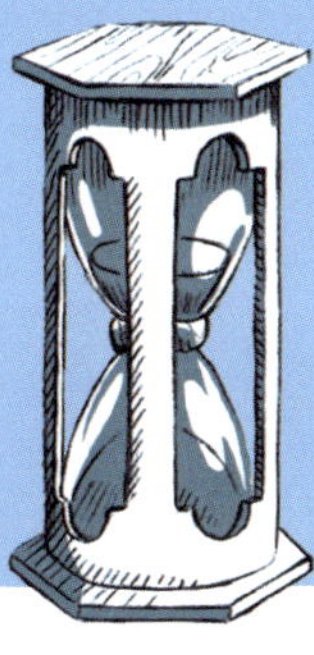

Le loch

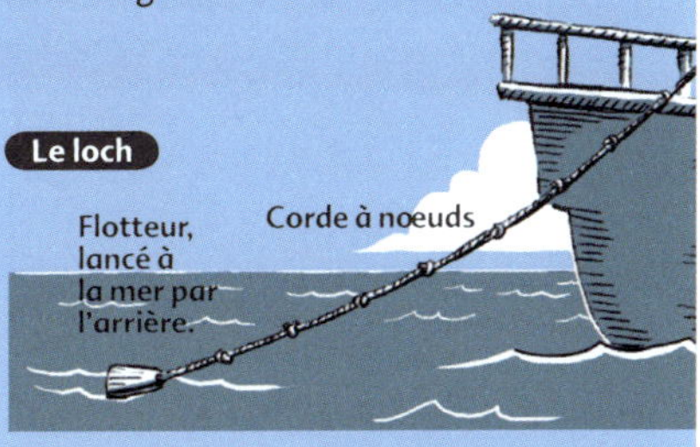

On laisse filer la corde pendant un temps donné en comptant le nombre de nœuds : ce nombre donne la vitesse du navire. Les caravelles pouvaient atteindre une vitesse de 6 à 8 nœuds (1 nœud nautique = 1,8 km/h).

Des Indiens viennent à votre rencontre. Ils vous font signe de les suivre.

– Il y a tant et tant d'endroits merveilleux sur cette terre ! t'écries-tu en les saluant. Profitons de ce moment d'attente pour visiter le village de ces gens, dis-tu à Vincente Pinzon, qui s'obstine à faire remplir tous les tonneaux disponibles de sable chargé d'or.

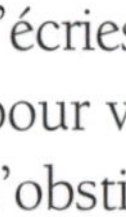

UN DERNIER FESTIN AVEC DES INDIENS, ÇA NE SE REFUSE PAS ! VA EN 31.

À l'instant où tu lèves le bras pour donner ton commandement, un éclair déchire le ciel. Le temps se couvre, les eaux se soulèvent… Pendant six jours, vous essuyez une série de terribles orages. Heureusement, tu es un navigateur expérimenté : les ordres que tu donnes au maître d'équipage vous font éviter le naufrage.
Au lever du sixième jour, les nuages se dissipent. Mais la mer est toujours grosse et le vent vous pousse vers l'est. En fin d'après-midi, alors qu'un épais brouillard se lève à nouveau, un des marins lance soudain un appel. Tu as du mal à comprendre ce qu'il dit…

PAS DE TEMPS À PERDRE !
AVANCE JUSQU'EN 43.

Cela fait 4 jours que tu as quitté les Canaries. Une brise constante et légère venant de l'est pousse les navires vers l'ouest. La mer est calme…

– En ce jour du 10 septembre, nous avons fait plus de 20 lieues, indiques-tu aux équipages. L'allure n'est pas rapide, mais le cap est bon.

Un murmure de mécontentement retentit parmi les marins.

– Mon amiral*, ose dire l'un d'eux, aucune terre n'est en vue !

– Qu'est-ce que cela signifie ? Que je suis un piètre navigateur ? railles-tu avant de regagner ta cabine.

Mais tu sais bien que cet homme dit la vérité : afin que les marins ne perdent pas patience, tu minores la distance qui reste à parcourir. Quelques jours après cet incident, un cri retentit du côté de la Niña.

– À bâbord*, un oiseau ! crie l'homme de vigie*. La terre doit être proche !

SI TU DÉCIDES DE LAISSER L'ÉQUIPAGE CROIRE QUE LA TERRE EST PROCHE, VA EN 27.

SI TU PRÉFÈRES AFFIRMER À NOUVEAU TON AUTORITÉ, VA EN 34.

– Par tribord* avant, hurles-tu, navire droit sur nous ! Du cœur, les gars ! Virez, virez !

Mais il est trop tard. Malgré les efforts répétés de l'équipage, la Santa Maria, poussée par le vent, cogne le flanc de la Niña. Les deux navires s'entrechoquent avec violence. La tempête soulève la mer en vagues de plus en plus hautes.

– Tous à bâbord*, abattez la grand-voile !

Tu essayes de sauver le navire, mais en vain. Une brèche dans la coque fait entrer l'eau à flots. Il est trop tard pour échapper à la noyade. Tu disparais dans une mer noire comme de l'encre, au milieu des cris d'épouvante de tes hommes.

NE T'EN VEUX PAS… IL T'AURAIT FALLU UNE RADIO À BORD POUR PRÉVOIR CETTE TEMPÊTE !

MAIS AU FAIT, JAMY, EST-CE QUE NOTRE HÉROS AVAIT CHOISI LES BONS NAVIRES POUR SON EXPÉDITION ?

OUI, CAR LES CARAVELLES ÉTAIENT SANS CONTESTE, À CETTE ÉPOQUE, LES NAVIRES DES GRANDS VOYAGES.

Les caravelles

Mises au point par les Portugais, les caravelles sont conçues pour être maniables, se déplacer contre le vent et supporter les longues distances. Rapides, de petite taille, elles peuvent naviguer en faible profondeur et s'approcher des côtes. La **Santa Maria**, qui mesurait 40 mètres de long, n'était pas une vraie caravelle.

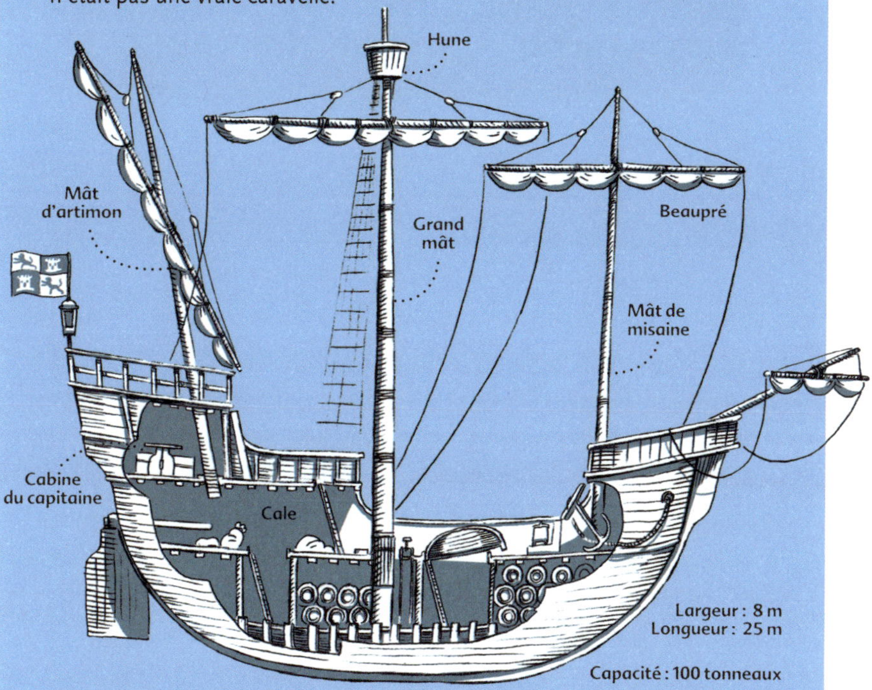

L'équipage est composé d'une vingtaine d'hommes qui dorment sur le pont. Il n'y a qu'une seule cabine, pour le capitaine. Chacun a une tâche précise :

- L'homme de vigie* surveille la mer depuis la hune du grand mât.
- Le pilote donne les ordres de navigation au timonier* qui tient la barre.
- Les marins s'occupent des voiles et des manœuvres.
- Le mousse est chargé de petites corvées… c'est lui qui retourne le sablier.

Vous reprenez le large vers l'est. Un jour, alors que tu essayes d'apprendre quelques mots d'espagnol aux Indiens, tu remarques que l'équipage a un comportement étrange.

– Damnation ! t'écries-tu en découvrant à ton tour l'objet de leurs mimiques ; pourquoi la Pinta file-t-elle aussi rapidement, comme si elle nous fuyait ?

À la longue-vue, tu suis la caravelle qui n'est plus qu'un point à l'horizon.

– Je comprends pourquoi Martin Pinzon voulait que cet Indien monte à son bord. Il a dû réussir à lui faire dire où se trouvent, sur l'île de Babèque, les mines d'or et de perles ! Vous paierez cher votre trahison, Monsieur !

Ta fureur d'avoir été trompé redouble, lorsque le maître d'équipage t'annonce que les vents viennent de changer…

METS EN PANNE PENDANT QUELQUES JOURS EN ATTENDANT QUE LE VENT CHANGE DE DIRECTION, EN 22.

12

Les premiers jours qui suivent votre départ d'Hispaniola, tu essayes d'organiser la vie à bord de la Niña. Tu as décidé de louvoyer* sur le chemin du retour, afin d'explorer encore quelques îles. Mais Vincente Pinzon souhaite rentrer rapidement en Europe. Il monte ses hommes contre toi.
Heureusement, tu comprends son stratagème… Tu décides de réunir tout l'équipage sur le pont.

ALLEZ, FAIS-NOUS UN BEAU DISCOURS... VA SUR LA PLAGE EN 6 !

13

Le lendemain matin, des herbes vertes et luxuriantes apparaissent sur les flots. Ce genre d'herbes ne pousse que sur les écueils des côtes…

– Il doit y avoir des îles toutes proches, suggère un marin.

– Peut-être, réponds-tu, mais je préfère garder mon cap. Nous ferons escale sur ces îles, si elles existent, à notre retour.

La brise que tu attendais se lève enfin. Les bateaux filent à nouveau avec un bon vent arrière. Cinq jours plus tard, un appel de Martin Pinzon retentit.

– Terre ! crie-t-il en désignant la direction opposée. La récompense de dix mille maravédis* est pour moi, mon amiral* !

Il tombe à genoux, bientôt imité par son équipage. Têtes baissées, ils entonnent un magnifique chant religieux.

SI TU PERSUADES MARTIN ET VINCENTE DE CONTINUER LA ROUTE VERS L'OUEST AVEC TOI, VA EN 29.

SI TU DÉCIDES DE SUIVRE LA PINTA, VA EN 39.

14

Douze jours plus tard, alors que tes bateaux continuent à voguer plein vent arrière, il n'y a toujours aucun rivage à l'horizon. La fatigue se fait sentir. Quand un appel provenant de la Niña signale la Terre, peu d'hommes réagissent. Avec raison, car il s'agit à nouveau d'une fausse alerte…

– Heureusement, ces quelques événements nous changent de la monotonie du voyage ! t'exclames-tu en regardant le mousse retourner le sablier demi-heure après demi-heure. Sais-tu quel jour nous sommes, petit ?

– Le 7 octobre, mon amiral*. Nous naviguons depuis plus de deux mois.

Ce soir-là tu décides, devant ton équipage stupéfait, de changer de route.

SI C'EST POUR SUIVRE UN GROUPE D'OISEAUX MIGRATEURS QUE TU AS APERÇUS DANS LE CIEL, VA EN 17.

SI C'EST POUR ÉVITER DE GROS NUAGES ANNONÇANT UN ORAGE, VA EN 4.

15

Hélas, une escarmouche éclate. L'Indien assis à tes côtés vient de se blesser, en caressant la lame du poignard que tu lui as prêté. Tu veux lui porter secours, mais ton geste est mal compris. À ta grande stupeur, les Indiens bienveillants avec lesquels tu discutais par signes, il y a quelques instants, se lèvent pleins de fureur.

– Il s'est blessé tout seul ! t'écries-tu, comprenant soudain l'objet de leur colère.

L'un d'eux s'empare d'une très longue flèche et la projette contre toi. C'est une de leurs plus terribles armes, dont tu as si souvent observé l'extraordinaire puissance… Elle se fiche dans ton cœur. Tu meurs avant même que tes hommes n'aient pu expliquer leur méprise à tes assaillants.

Les Indiens

Les Indiens ont terriblement souffert de l'occupation de leurs terres. Dès la fin du 15e siècle, il n'y a plus d'Indiens à Hispaniola (Haïti), ni à Cuba. Les conflits, les maladies, le travail forcé, la famine les ont **anéantis**.

Les conflits

Dès 1493, les Espagnols laissés sur place à la fin du premier voyage de Colomb s'installent en conquérants, avides d'or et de pouvoir. Les Indiens se révoltent et brûlent le fort de la Natividad.

Les maladies contagieuses

Les Indiens sont très vite décimés par la variole et la rougeole transmises par les Européens.

L'esclavage

En 1495, Colomb fait capturer 500 Indiens et les envoie en Espagne pour les vendre comme esclaves. Sur place, les colons espagnols obligent les Indiens à travailler pour eux dans des conditions terribles.

Plus tard, c'est tous les Indiens d'Amérique centrale et d'Amérique latine qui souffriront des conquêtes espagnoles. En 1519, Cortès conquiert le Mexique et détruit l'empire aztèque. En 1541, Pizarro conquiert l'empire inca au Pérou.

L'empire colonial espagnol dure 4 siècles. Il s'écroule au 19e siècle.

Tes hommes ne s'attendaient pas à ce que tu leur parles de cette façon. Leur mauvaise humeur se transforme en colère.

– Ce vent qui nous pousse vers l'ouest rendra notre retour impossible, affirme l'un d'eux. Colomb, tu es un incapable. Tu ne sais pas où tu vas !

– J'ose espérer que tu ne penses pas ce que tu dis, lui rétorques-tu. Je navigue depuis l'âge de quatorze ans et je n'ai de leçon à recevoir de personne. J'ai passé des années à préparer ce voyage, à calculer les surfaces de l'Europe et de l'Asie, à déchiffrer les cartes des plus grands savants et géographes. Il n'y a qu'une seule façon d'atteindre l'Asie par les routes atlantiques : naviguer plein ouest, comme je vous en donne l'ordre !
– Mutinerie* ! hurlent ensemble les trois équipages.

GARDE TON CALME ! TU VAS EN AVOIR BESOIN EN 6 !

17

Avant ton départ, tu as lu de nombreux récits de navigateurs portugais qui ont découvert des terres grâce à des oiseaux migrateurs.

– Je nous sens proches du but, te dis-tu. Ces oiseaux doivent être ceux que Marco Polo appelait « canards du Cathay ».

Au matin du troisième jour, la pluie se met à tomber dru sur le pont. Tu descends te réfugier dans ta cabine, où tu t'endors. Lorsque tu remontes sur le pont en début d'après-midi, la Santa Maria craque de toutes parts et bondit à la cime des vagues. Dans le ciel qui s'est obscurci, les oiseaux ont disparu…

– Pendant votre absence, te raconte le maître d'équipage, nous avons subi de plein fouet une averse de grêle. Depuis, nous bataillons dans un épais brouillard pour garder le cap !

ÇA TANGUE ! AGRIPPE-TOI À UN HAUBAN* ET SAUTE EN 43.

18

Tu observes à la longue-vue les hommes de la Pinta s'affairer autour du gouvernail qui vient à nouveau de sortir de ses gonds.

– Pinzon fait tout son possible pour essayer de nous rejoindre aux Canaries, dis-tu au maître d'équipage.

– Cet homme préférerait périr en mer plutôt que de revenir en Espagne sans avoir amassé dans son navire tout l'or des Indes, te répond-il.

Vous commencez les manœuvres pour entrer dans le port de la Gomera. Lorsque Pinzon t'y retrouve quelque temps plus tard, il ne te raconte pas toutes les difficultés qu'il a eues…

– Vous m'avez agréablement surpris, Pinzon, lui dis-tu. Votre gouvernail est remis à neuf !

– J'ai suivi vos ordres, mon amiral*, te répond-il fièrement.

MAINTENANT, VOUS ÊTES PRÊTS À VOGUER VERS LES INDES ! FILEZ SANS ATTENDRE EN 9 !

19

La terre n'est plus qu'à quelques encablures* de vous. À l'approche de l'aube, tes trois navires frôlent les côtes. Vous jetez l'ancre dans l'eau profonde d'une petite baie.

– La voilà, la terre de Marco Polo ! annonces-tu à tout l'équipage réuni sur les ponts. Nous avons atteint la pointe du pays des Indes ! Je devine au loin les palais du grand Khan, et plus à l'ouest l'île de Cipangu. Martin Pinzon, Vincente Pinzon, je vous félicite d'avoir si bien mené vos navires. Partons nous agenouiller sur le sable fin de cette île pour remercier la mer et le ciel de nous avoir conduits ici.

D'une voix tonnante, tu commandes à tes hommes de mettre les canots à l'eau.

SI TU DÉCIDES DE MONTER DANS LE CANOT AVEC LES FRÈRES PINZON, VA EN 24.

SI TU PRÉFÈRES ÊTRE LE PREMIER À TOUCHER TERRE, VA EN 35.

20

– La Santa Maria a disparu, mais pas son équipage ! dis-tu à tes hommes avec fierté. La Niña, vous le savez, ne pourra accueillir à bord que la moitié d'entre vous. Ceux qui ne rentreront pas en Espagne auront la charge de construire sur l'île un fort, que nous appellerons la Natividad. Ils chercheront l'or sur ces terres qui sont désormais les nôtres ! Que ceux qui souhaitent rester fassent un pas en avant.

Ton offre en séduit plus d'un. Trois jours plus tard, tu quittes l'île d'Hispaniola à bord de la Niña. Tu laisses derrière toi la moitié de ton équipage.

– Lorsque nous reviendrons, un fort et une ville espagnols se dresseront là-bas, dis-tu à Pinzon en voyant les côtes s'éloigner.

SI TU DÉCIDES D'EXPLORER ENCORE QUELQUES ÎLES SUR LE CHEMIN DU RETOUR, VA EN 12.

SI TU PRÉFÈRES REPARTIR EN ESPAGNE, EN FAISANT SEULEMENT UNE DERNIÈRE ESCALE AU SUD DE CUBA, VA EN 3.

– Tenez bon ! cries-tu pour encourager l'équipage. Nous n'allons pas sombrer si près de notre but !
Après deux jours de tempête, la mer se calme. Poussée par une bonne brise, la Niña poursuit sa route, et vient enfin s'ancrer au port de Palos. Tu es accueilli comme un héros. Ton voyage a duré plus de sept mois, et malgré les épreuves, tu n'as perdu aucun de ces rudes marins avec lesquels tu t'es souvent lié d'amitié.
– Martin Pinzon est arrivé avant nous ! t'exclames-tu en voyant la Pinta à quai.
Tu es vite rassuré : c'est bien toi qui recevras tous les honneurs. Le 20 avril, tu montes les marches du palais royal à Barcelone, accompagné des six Indiens. Le roi et la reine sont éblouis par les merveilles que tu sors de tes coffres. Tu peux laisser ta joie éclater !

DON CRISTOBAL COLON, AMIRAL DE LA MER OCÉANE, VICE-ROI ET GOUVERNEUR DES ÎLES DÉCOUVERTES AUX INDES, CELA AURA ÉTÉ UN PLAISIR D'ALLER AUX INDES AVEC TOI....

MAIS JAMY, CE N'EST QUE LE DÉBUT D'AUTRES GRANDES DÉCOUVERTES, J'ESPÈRE ?

Les explorations continuent

Le 16e siècle est le **siècle des grandes découvertes.**
Ces explorations permettent de découvrir de nouveaux mondes.
Elles prouvent que la Terre est bien ronde, et plus vaste que beaucoup ne l'imaginaient. Voici les plus célèbres :

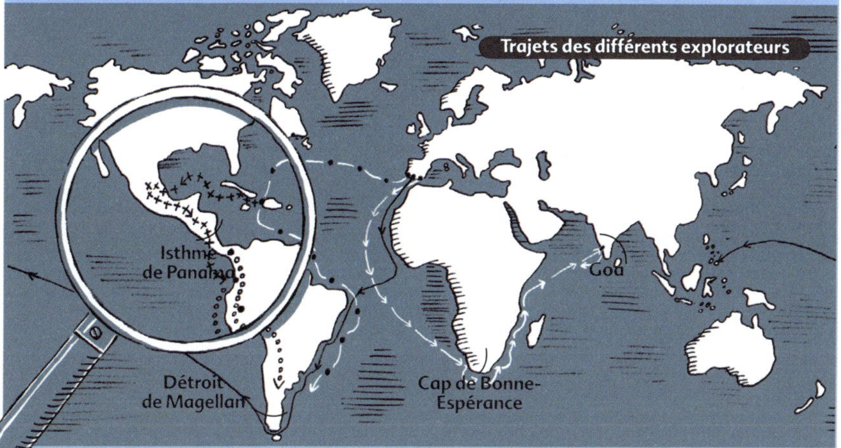

Vasco de Gama, navigateur portugais, part de Lisbonne en 1497. Il atteint l'Inde en mai 1498, après avoir contourné l'Afrique par le Sud. Dès 1510, le Portugal maîtrise le commerce avec l'Extrême-Orient.

Amerigo Vespucci, navigateur italien, explore les côtes de l'Amérique du Sud en 1501 et prend conscience qu'il s'agit en réalité d'un nouveau continent. De son prénom est tiré le mot « Amérique ».

Fernando Magellan, Portugais naviguant pour le compte des Espagnols, fait le premier tour du monde. Le voyage dure trois ans, de 1519 à 1522. En 1520, il franchit le détroit au sud de l'Amérique, qui porte désormais son nom.

Cortès conquiert le Mexique en 1519. L'empire aztèque est détruit.

En 1541, **Pizarro** conquiert l'empire inca au Pérou.

Après trois jours d'attente, une bourrasque se lève. Mais ce coup de vent d'est détourne encore plus la Niña et la Santa Maria de Babèque.

– Un jour noir de plus, écris-tu dans ton journal avec une amère déception.

Les vents finissent par te porter chance. Le matin du 4 décembre, vous approchez des côtes d'une très grande île. Sitôt pied à terre, tu plantes la bannière royale :

– Je baptise cette belle terre Hispaniola, en l'honneur de nos souverains espagnols !

Dès le lendemain, tes hommes partis en reconnaissance sont de retour avec de l'or et des bijoux que le roi de l'île leur a offerts.

– Le voilà, mon paradis ! t'écries-tu plein d'espoir, en donnant l'ordre de faire pénétrer les navires dans une petite crique facile d'accès.

SI TU DÉCIDES DE GAGNER LA CONFIANCE DU ROI POUR METTRE EN PLACE UN SYSTÈME DE TROC, VA EN 30.

SI TU PRÉFÈRES COMMENCER PAR TE PRÉSENTER AUX INDIENS QUI HABITENT PRÈS DE LA PLAGE, VA EN 31.

23

Les côtes de la grande île des Canaries sont en vue. La Niña manœuvre avec difficulté, car ses voiles se révèlent mal adaptées aux vents de l'Atlantique. La Pinta vous suit péniblement. Après une réparation de fortune du gouvernail, l'équipage, convoqué sur le pont, a été sommé de faire tout son possible pour conduire la caravelle à bon port.

– Pinzon a sûrement dû, pour motiver ses hommes, leur faire miroiter la récompense de dix mille maravédis* que le roi a promise à celui qui verrait les Indes le premier. Mais rien ne dit que ce bateau sera assez solide pour affronter les vents et les courants du grand large…

Soucieux, tu regardes Martin et le timonier* s'efforcer de diriger la Pinta vers les côtes.

SI TU VEUX ESSAYER DE TROUVER AUX CANARIES UN NAVIRE POUR REMPLACER LA PINTA DÉFAILLANTE, VA EN 5.

SI TU PRÉFÈRES LAISSER PINZON TERMINER LA RÉPARATION DE SON NAVIRE ET EN PROFITER POUR REFAIRE LE PLEIN DE VIVRES, VA EN 37.

Dès votre arrivée à terre, vous déployez les bannières royales espagnoles. Vous êtes reçus comme des princes par des hommes nus venus vous accueillir sur la plage. Ils vous offrent des fruits, de l'eau fraîche…

– Quel pays magnifique ! Nous le nommerons San Salvador, en l'honneur du Sauveur ! t'exclames-tu.

– Regardez la beauté de ces hommes des Indes ! Et remarquez ce petit morceau d'or que certains portent à leur nez… ajoute Martin.

– Ces Indiens n'ont pas l'air belliqueux. Établissons des relations d'amitié, suggères-tu, afin qu'ils nous indiquent où trouver leur or… Vous leur offrez des petits objets de pacotille, des grelots, de la verroterie. Quelques Indiens se risquent même à visiter votre caravelle. Vous parvenez à les garder à bord, comme interprètes.

SI TU DÉCIDES DE PARTIR DÈS LE LENDEMAIN EXPLORER TOUT L'ARCHIPEL, VA EN 42.

SI TU PRÉFÈRES COMMENCER PAR EXPLORER UNE PETITE ÎLE TOUTE PROCHE, VA EN 38.

Tu décides de ne plus te séparer du journal de ton expédition, que tu conserves précieusement dans une poche de ton habit jusqu'à la fin du voyage.
Après deux jours de tempête, le vent cesse. La Niña, en piteux état, peut enfin reprendre sa route. Sa voilure est déchirée, elle prend l'eau de tous côtés…
– Tiens bon, ma belle, lui dis-tu en t'agrippant au rebord du pont de la Niña. Nous rentrons…
Et le 15 mars, après une dernière escale au Portugal, tu arrives enfin au port de Palos. L'émotion te submerge. Plus de mille personnes se pressent sur les quais… Ils acclament leur héros, l'amiral Christophe Colomb, qui revient de l'autre côté du monde !

IL A PRIS SOIN DE LES DÉCRIRE DANS SON JOURNAL... IL SAVAIT QUE CELA NOUS INTÉRESSERAIT !

Les grandes étapes du premier voyage

L'original du journal de Christophe Colomb a disparu. Son ami, l'historien Bartoloméo de Las Casas, en a fait une copie qui a été sauvée. Grâce à lui, nous pouvons suivre en détail toute l'expédition de Colomb :

3 août 1492
Départ de Palos

1er septembre 1492
Escale aux Canaries

16 septembre 1492
Entrée dans la mer des Sargasses

12 octobre 1492
Arrivée à Guanahani (San Salvador)

27 octobre 1492
Arrivée à Cuba

5 décembre 1492
Arrivée à Hispaniola (Haïti)

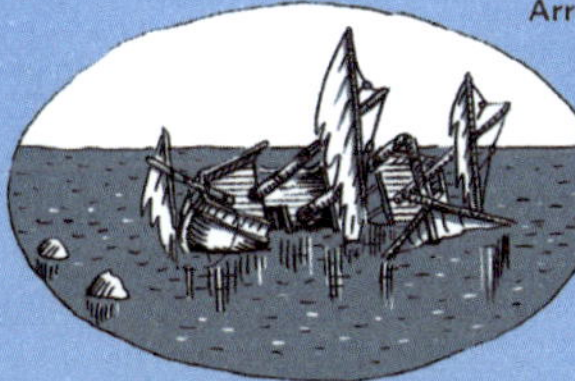

24 décembre 1492
Naufrage de la Santa Maria

16 janvier 1493
Retour de Colomb vers l'Espagne

18 février 1493
Escale aux Açores

4 mars 1493
Escale au Portugal

15 mars 1493
Retour à Palos

Fin avril 1493
Réception à la cour royale de Barcelone. Christophe Colomb est anobli et reçoit des armoiries. Il devient vice-roi et gouverneur des îles découvertes « aux Indes ».

26

Tu marques ta position sur ta carte, puis sors sur le pont et rejoins le maître d'équipage.

– Il me semble que la Pinta dérive, Monsieur, t'indique-t-il.

Cette annonce te soucie, car la navigation n'est pas facile à cet endroit. Les coups de vent y sont nombreux et les tempêtes violentes. Tu essayes d'apercevoir à l'aide de ta longue-vue la caravelle qui se détache au loin.

SI TU DÉCIDES D'ENVOYER L'HOMME DE VIGIE AUX NOUVELLES, VA EN 33.

SI TU ESSAYES DE TE RAPPROCHER DE LA PINTA POUR ÉVALUER SON AVARIE, VA EN 8.

27

– Beau travail, te dis-tu, j'ai l'impression que j'ai réussi à calmer tous ces drôles qui se découragent pour un rien ! Il ne nous reste plus qu'à attendre le vent, cette mer d'huile exaspère tout le monde.

À la nuit tombée, un appel du timonier* te sort de tes pensées.

– N'est-ce pas troublant ? te demande-t-il discrètement, en te montrant la boussole. L'aiguille indique l'Ouest alors qu'elle devrait pointer le Nord, là où brille l'étoile polaire.

– Nous sommes dans une de ces régions où tous les marins hésitent entre suivre leur boussole ou l'étoile polaire, lui réponds-tu. Nous ne devons pas être loin de la fameuse mer des Sargasses. On raconte qu'à cet endroit, les boussoles dansent vers l'Ouest lorsqu'elles veulent indiquer le Nord !

CONTINUE À TE FIER À L'ÉTOILE POLAIRE, ET LAISSE FILER TON NAVIRE JUSQU'EN 13.

Le 25 octobre, tu atteins enfin une nouvelle île.
– Nous voilà à Cipangu ! annonces-tu à tes hommes. Gagnons le centre de l'île, où doivent se trouver les villes marchandes…
Les caravelles entrent alors dans un fleuve superbe, bordé de palmiers. Quelques-uns de tes hommes, partis en reconnaissance en canot, reviennent bientôt les bras chargés de poivre et de cannelle.
– Mon amiral*, dit l'un d'eux, ce pays se nomme Cuba. Nous y avons trouvé quantité d'épices, mais pas la moindre trace d'or !

Tu décides de repartir. Après plusieurs jours de navigation, des hommes d'équipage viennent vers toi.

– Babèque, Babèque, voilà ce que nos Indiens répètent depuis quelques jours en nous indiquant l'est, t'explique l'un des marins. Ils m'ont fait comprendre qu'on y fabrique des lingots d'or…

SI TU DÉCIDES DE GAGNER BABÈQUE, VA EN 11.

SI TU ESSAYES D'OBTENIR PLUS DE PRÉCISIONS DES INDIENS, VA EN 15.

Martin et Vincente finissent par se ranger à tes arguments. Ils acceptent de garder le cap vers l'ouest. Mais ta boussole se met à nouveau à faire des mouvements désordonnés.

– L'aiguille est défaillante. Frottez-la avec la pierre à aimanter, ordonnes-tu au maître d'équipage. On m'a toujours dit que j'avais l'art de naviguer à l'estime, mais je doute que nous atteignions les Indes sans une bonne boussole.

– Le ciel se fait noir… J'ai l'impression qu'une tempête s'annonce, te prévient-il.

À peine a-t-il prononcé ces mots qu'un violent orage vous tombe dessus. En quelques minutes, la mer se soulève. La Santa Maria roule lourdement et tu es violemment projeté à bâbord*.

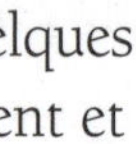

COURAGE, AMIRAL... RAMPE JUSQU'EN 10 !

Le roi de l'île est devenu un de tes invités préférés. Friand de mets espagnols, il déjeune souvent avec toi et Vincente. Le roi de Bahio t'assure qu'il peut te fournir de l'or en grande quantité. Chaque jour, des Indiens se lancent à la nage pour venir échanger sur les navires quelques éclats d'or contre de la pacotille, des grelots, des débris de vaisselle ou des éclats de verre.

– N'êtes-vous pas surpris, te demande Vincente Pinzon, de ne pas voir ici des navires marchands ancrés par centaines dans les ports, comme le décrivait Marco Polo dans son « livre des merveilles » ?

– Nous éluciderons tout ça plus tard, lui rétorques-tu. Pour l'instant, il nous faut trouver les gisements d'or.

SI TU DÉCIDES D'INTERROGER UN GROUPE D'INDIENS MONTÉS À BORD POUR SAVOIR OÙ LE ROI TROUVE CET OR, VA EN 15.

SI TU PRÉFÈRES PARTIR EXPLORER LES ALENTOURS DE L'ÎLE AVEC TA FLOTTE, VA EN 36.

31

Le village des Indiens est tout proche de la plage. La hutte du chef est sombre et fraîche, joliment décorée. Vous êtes accueillis par des femmes qui examinent avec stupéfaction vos barbes, vos visages et vos mains blanches.

Une fois assis, tu découvres avec stupeur le contenu de la marmite où se prépare le repas… Une jambe d'homme mitonne doucement dans un bouillon de racines ! Et les vases à côté de toi sont des crânes d'hommes ! Ces Indiens sont des cannibales.

– Il nous faut battre en retraite, sinon voilà ce qui nous attend, chuchotes-tu à tes hommes en leur montrant du doigt la marmite.

Mais le roi a vu ton geste. Il fait entrer ses soldats qui vous font prisonniers.

IL A DÉCOUVERT BIEN D'AUTRES CHOSES !

Les richesses des îles

En réalité il y a très peu d'or aux Antilles. Déçus, les colons se révoltent contre Christophe Colomb qui perd toute sa popularité. Il est même accusé de garder pour lui le fameux métal précieux, qui revient de droit aux rois d'Espagne. Mais les Espagnols découvrent et exploitent bien d'autres richesses.

Le tabac

Les Espagnols sont surpris de voir les Indiens « téter » de longs rouleaux de feuilles séchées qu'ils nomment tobaco. Ces rouleaux de feuilles sont les ancêtres du fameux cigare cubain.

Fruits et légumes

Les Espagnols découvrent dans les îles le maïs, les haricots, le manioc et surtout l'ananas. Ce fruit, dont le nom viendrait du mot indien « a-nana » qui signifie « fruit excellent », est rapporté à la cour d'Espagne. Il devient l'un des desserts les plus prisés des rois. Plus tard, les Espagnols découvriront en Amérique le chocolat, la tomate, l'avocat...

Le hamac

Les Indiens dorment dans des « hamaca ». Ce sont des filets de coton qu'ils accrochent entre deux arbres devant leur hutte. Ce système de couchage séduit les marins qui l'emportent en Europe.

C'est au Mexique et au Pérou, découverts par les conquistadors Cortès en 1519 et Pizarro en 1541, que les Espagnols trouveront l'or dont ils rêvaient.

Au lever du jour, tu donnes l'ordre à tes hommes de vider la nef et de rapporter sur l'île tout ce qui peut être sauvé.
– Jamais je n'aurais pensé assister un jour à un tel désastre, soupires-tu.
Tu n'es pas le seul à être ému. Le roi de l'île est à tes côtés et pleure à chaudes larmes. Il t'entraîne vers le village. Ta cargaison est bien au sec au fond d'une grande hutte couverte de palmes. Il t'invite à rejoindre son logis. Assis sur une natte, tu partages son repas en compagnie de quelques Indiens.

– N'est-ce pas une chance que la Santa Maria ait sombré ici ? te dis-tu, en contemplant la magnifique baie où seule est ancrée désormais la Niña. N'est-ce pas un signe de l'au-delà ?

SI TU RÉUNIS TES HOMMES POUR LEUR ANNONCER QUE TU AS PRIS UNE GRANDE DÉCISION, VA EN 20.

SI TU ORDONNES À TES HOMMES D'ALLER SE REPOSER, PENDANT QUE TU CONTINUES TON REPAS AVEC LES INDIENS, VA EN 15.

Le marin vient te confirmer que la caravelle de Martin Pinzon est en difficulté.

– Cap sur la Pinta, ordonnes-tu, irrité, nous n'allons pas commencer le voyage en traînaillant !

Une demi-heure plus tard, la Santa Maria s'approche de la Pinta bord à bord.

– Que se passe-t-il ? cries-tu au commandant Pinzon. Pourquoi naviguez-vous en zigzag ?

– Notre gouvernail s'est rompu et la caravelle est impossible à diriger ! te répond-il.

Très contrarié, tu t'exclames :

– Un incident de ce genre est souvent l'œuvre d'un saboteur ! Réglez cette affaire au plus vite !

SI TU DÉCIDES DE NE PAS TROP T'ÉLOIGNER DE LA PINTA, VA EN 23.

SI TU PRÉFÈRES CONTINUER TA ROUTE ET LAISSER PINZON TE REJOINDRE PLUS TARD, VA EN 18.

34

– Il ne suffit pas de suivre un oiseau pour arriver aux Indes ! t'exclames-tu. Martin Pinzon, corrigez cet homme qui ose mettre les connaissances de l'amiral* des mers océanes en doute. Je ne tolérerai plus aucun commentaire de la sorte !
Puis tu te tournes vers le timonier* de ton navire :
– Quant à vous, gouvernez mieux, nous dérivons vers le nord-ouest !

SI TU DÉCIDES DE TE RETIRER POUR RÉFLÉCHIR À LA SITUATION, VA EN 27.

SI TU PRÉFÈRES RESTER PRÈS DU TIMONIER POUR VÉRIFIER QU'IL RECTIFIE BIEN LE CAP, VA EN 16.

35

Rodrigo de Triana, qui gardait rancœur de ton mauvais tour, a décidé que jamais tu ne mettrais les pieds au pays de l'or.

– Maintenant que Colomb a tracé la route océane sur ses cartes, nous pouvons nous en débarrasser, a-t-il confié au petit matin aux frères Pinzon. Notre cher amiral* pourrait disparaître dans un stupide accident… De retour en Espagne, vous deviendrez riches et célèbres. Quant à moi, je ne vous demanderai que la prime royale de dix mille maravédis*…

C'est ainsi qu'en te tendant la main pour t'aider à monter dans le canot, il te pousse à l'eau et t'assomme discrètement. Malgré ses « efforts » pour essayer de te sauver, tu coules à pic, lourdement lesté par tes habits.

CHRISTOPHE COLOMB N'A JAMAIS ATTEINT LES INDES, CAR C'EST EN AMÉRIQUE QU'IL A POSÉ LE PIED !

Les quatre voyages de Christophe Colomb

Comme tous les savants de son époque, Christophe Colomb sait que la Terre est ronde. Mais ses calculs ne sont pas exacts : il évalue la distance entre l'Europe et l'Asie par l'Ouest à 6 400 km, alors que plus de 20 000 km les séparent ! C'est pourquoi il est persuadé qu'il peut gagner rapidement l'île de Cipangu (le Japon).

Christophe Colomb a fait quatre voyages vers l'Amérique.

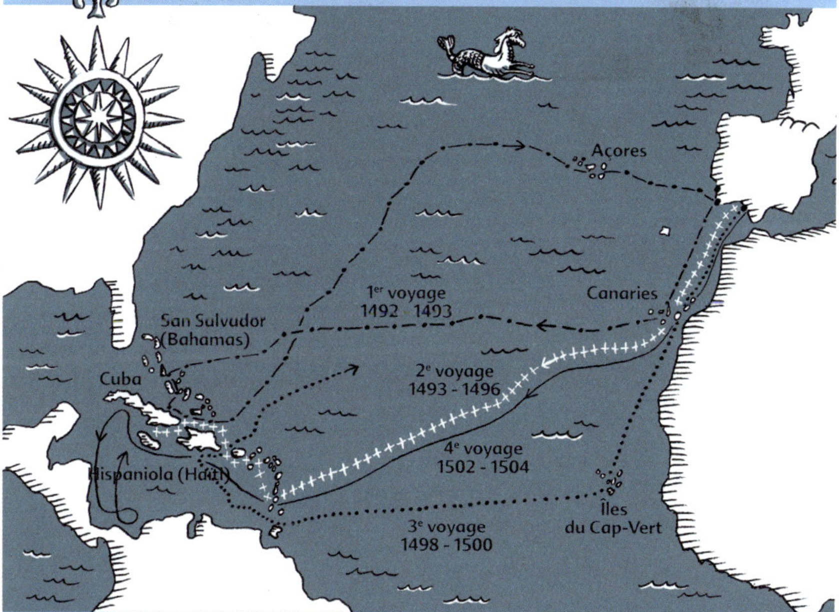

Colomb meurt en 1506 sans savoir qu'il a découvert l'Amérique.
Il pense avoir atteint les Indes, c'est pourquoi il appelle les premiers hommes qu'il rencontre des « Indiens ». Et c'est ainsi que de nos jours, nous appelons encore « Indiens » certains habitants de l'Amérique.

Pendant plusieurs jours, tu navigues près des côtes, sillonnes les fleuves, parcours l'intérieur des terres, sans trouver aucun élément qui signale un gisement d'or. Le soir de Noël, après deux jours de mer sans sommeil, tu décides d'aller dormir. L'homme de barre, épuisé lui aussi, profite de cette nuit sans vagues ni vent pour confier le timon à un mousse.

En pleine nuit, tu es tiré de ton sommeil par un bruit sourd.

– Maudit soit celui qui a laissé dériver ma nef ! hurles-tu.

L'eau s'engouffre dans ta cabine. Tu sors sur le pont et comprends en un instant ce qui est arrivé : ta vaillante Santa Maria, laissée sans surveillance durant la nuit, a dérivé. Elle vient d'échouer sur un massif de corail.

ALLEZ, AMIRAL, RAVALE TES LARMES ET PASSE EN 32.

37

Tu es impatient de repartir, mais en bon amiral*, tu sais qu'une expédition lointaine ne doit son succès qu'à sa parfaite préparation. Tu décides donc, pendant que Martin Pinzon fait réparer le gouvernail de sa Pinta, de changer les voiles de la Niña. Sur les quais, tu surveilles aussi les tonneaux de vivres et d'eau avant qu'ils ne s'engouffrent dans le « ventre » des bateaux.
Et le jeudi 6 septembre, à l'aube, après avoir séjourné plus d'un mois aux Canaries, tu donnes enfin l'ordre de lever l'ancre. Les trois navires, chargés de vivres, gagnent la sortie du port de la Gomera et se lancent vers l'immensité de l'océan.

ALLEZ ! VA RESPIRER LA BRISE DU GRAND LARGE EN 9.

38

L'île est facile d'accès. Après vous être rapprochés du rivage, tu choisis un bon mouillage pour la Santa Maria.

– Voyez donc qui vient nous rendre visite ! dis-tu en sautant du canot qui t'a conduit à terre. Le roi de l'île et sa cour…

Les Indiens se rassemblent autour de vous. Vous leur offrez quelques pacotilles en guise de présents. Le roi porte deux énormes plaques d'or sur la tête, et ses bras sont couverts de bracelets étincelants. Il te fait comprendre par gestes qu'il t'invite dans sa maison, située à l'intérieur des terres.

– Nous avons su y faire, dis-tu à tes hommes. Nous voilà déjà amis.

SI TU DÉCIDES D'ACCEPTER LA PROPOSITION DU ROI, POUR SAVOIR OÙ IL TROUVE TOUT SON OR, VA EN 31.

SI TU PRÉFÈRES, APRÈS CES PREMIERS CONTACTS, REPRENDRE LA MER POUR CONTINUER TON EXPLORATION, VA EN 42.

Hélas, le lendemain matin, en sortant de ta cabine, tu comprends que ce 25 septembre ne sera pas le jour de votre arrivée aux Indes.

– La terre a disparu ! s'exclame Pinzon qui, comme tout son équipage, fait grise mine.

Cela te fait plutôt sourire…

- Pinzon enrage ! Il s'est fait prendre comme un vulgaire moussaillon et a confondu quelques gros nuages avec les rivages de Cipangu ! Mais ce détour rallonge encore votre route. Tu reprends les commandes.

– Virez de bord. Nous reprenons le cap plein ouest.

Tu demandes alors à Pinzon de te remettre ses cartes marines. Tu veux faire le point, comparer les cartes et recompter les lieues parcourues. Selon toi, « le pays de l'or » ne doit maintenant plus être très loin.

PEUT-ÊTRE EN 14 ?

Après quinze jours de navigation, vous commencez à montrer des signes de fatigue. La Niña peine à naviguer, tandis que la Pinta file au loin, jusqu'à disparaître. Vous pénétrez enfin dans la mer des Sargasses.

– Nous sommes sur la bonne route ! te confirme le maître d'équipage avec admiration.

Mais le 12 février, à peine êtes-vous sortis de cette mer d'herbes, qu'une terrible bourrasque se lève. Des vagues gigantesques vous attaquent de plein fouet. Sans perdre un instant, tu écris

quelques mots sur un parchemin et le plies dans une toile cirée. Tu mets le tout au fond d'un tonneau, que tu jettes à la mer.
– Si nous périssons dans cette épouvantable tempête, quelqu'un trouvera peut-être ce parchemin… Il pourra apporter la nouvelle de notre découverte à notre roi.

SI TU RETOURNES DANS TA CABINE POUR PRENDRE TON JOURNAL, QUE TU VEUX GARDER AVEC TOI, VA EN 25.

SI TU TIENS À SOUTENIR TES HOMMES EN RESTANT AUPRÈS D'EUX, VA EN 21.

Le 11 octobre, à la tombée de la nuit, la Pinta et la Niña se rapprochent comme tous les soirs de ton navire. Tu t'apprêtes à prendre congé des deux capitaines avant de rejoindre ta cabine, lorsqu'un appel te parvient de la Pinta. Un marin, Rodrigo de Triana, vient d'apercevoir une lueur au loin.

– Terre en vue ! crie-t-il. Les dix mille maravédis* sont pour moi !

– Cela fait plus de deux heures que j'ai signalé à un de mes hommes cette lumière qui ressemble à un feu, lances-tu, les mains en porte-voix. Je voulais profiter de ma découverte pendant quelques heures, avant de vous prévenir…

Un lourd silence te répond. Les hommes de bord pensent que tu mens pour empocher la prime royale à la place de Rodrigo…

NE TE LAISSE PAS IMPRESSIONNER, AMIRAL !
PRÉPARE-TOI PLUTÔT À FOULER LA TERRE EN 19 !

42

– Préparez-vous à lever l'ancre ! ordonnes-tu le lendemain.
Les trois navires quittent San Salvador. En pointant du doigt le morceau d'or qu'ils portent au nez, tu demandes aux six Indiens que tu as embarqués de te conduire là où l'or abonde. Mais après avoir exploré plus d'une dizaine d'îles, tu comprends que vous faites fausse route.
– Ce n'est pas là que nous trouverons ce que nous cherchons. Comment faire comprendre cela à nos guides ?
– Faites monter celui-là à mon bord, répond Martin Pinzon en te désignant l'un des six Indiens. Un de mes hommes s'est pris d'amitié pour lui. Peut-être réussira-t-il à lui faire dire où se trouvent ces fameux palais remplis d'or.
– Bonne idée. Quittons ces terres où les rois vivent dans des huttes, presque nus, et continuons vers l'est.

JE SENS QUE TU APPROCHES DE CONTRÉES PROMETTEUSES ! FILE EN 28.

– Terre ! crie du château avant* un homme épouvanté. Là, toute proche, terre en vue, nous allons entrer en collision ! Tu bondis à l'avant et rugis des ordres, mais les manœuvres ne réussissent pas à vous sauver. Tu as juste le temps d'apercevoir un énorme rocher au milieu du brouillard, avant que la nef ne se fracasse contre lui. Tu as touché par hasard une de ces minuscules îles inexplorées dont tu soupçonnais l'existence, mais que tu n'avais pas encore pu localiser avec précision. Hormis quelques planches parties à la dérive sur l'océan, il ne restera rien de ton bateau ni de ton équipage.

TU AVAIS POURTANT TOUT FAIT POUR ÉVITER L'ORAGE !

IL FAUT RECONNAÎTRE QU'IL EST DIFFICILE DE NAVIGUER, PUISQU'À L'ÉPOQUE TOUTES LES TERRES ÉMERGÉES NE FIGURENT PAS SUR LES CARTES, PAS VRAI, JAMY ?

TU AS TOUT À FAIT RAISON, FRED !
LES CARTES ÉTAIENT TRÈS IMPRÉCISES.

Les cartes du monde

On sait que la Terre est ronde depuis l'Antiquité grecque : c'est Ptolémée (90-168) qui dresse la première carte du monde.

Mais à sa mort, et pendant tout le Moyen Âge, son travail est oublié. En Europe, on imagine le monde en fonction des croyances religieuses. C'est seulement à la fin du 15e siècle que dessiner des cartes du monde devient une science : la **cartographie**. Mais une partie des terres et des mers représentées sont encore approximatives ou imaginaires. On croit que la Terre est beaucoup plus petite qu'elle n'est en réalité, que les océans sont moins vastes...

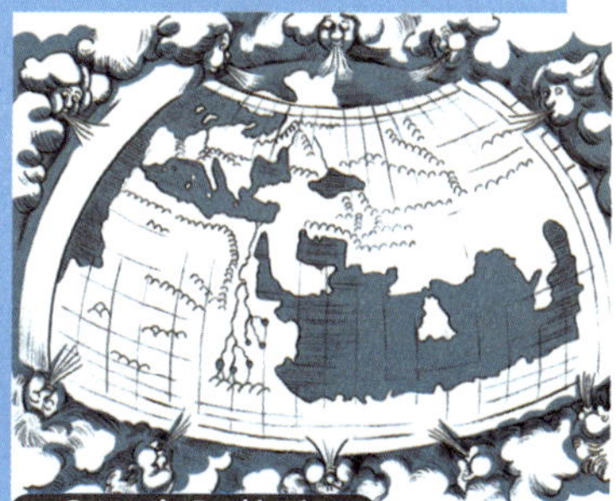

Carte de Ptolémée

Après chaque voyage, les explorateurs s'efforcent de préciser les cartes, les contours des continents, la forme des îles, les distances d'un point à un autre.

Carte de Juan de la Cosa, 1500

Peu à peu la représentation du monde se précise :

- En 1492, Martin Behaim construit le **premier globe terrestre**.
- En 1507, Martin Waldseemüller dessine la **première carte « moderne »** du monde qui s'appuie sur les découvertes d'Amerigo Vespucci : les nouvelles terres sont un continent à part. Il le nomme Amérique. Mais on ne connaît que la côte Ouest.
- Entre 1535 et 1542, le Vénitien Battista Agnese trace une carte du monde splendide s'appuyant sur le voyage de Magellan. Les **deux côtes de l'Amérique du Sud** y sont bien présentes.

GLOSSAIRE

Appareiller
Lever l'ancre pour quitter le port ou l'emplacement favorable à l'ancrage, appelé mouillage.

Armateur
Personne qui possède des bateaux qu'elle équipe pour le transport de marchandises ou la pêche.

Amiral
Officier du grade le plus élevé dans le corps de la marine.

Bâbord
Côté gauche d'un bateau lorsque l'on regarde vers l'avant.

Caravelle
Navire rapide qui ne peut transporter que de petites quantités de marchandises. Il est équipé de voiles carrées ou triangulaires appelées voiles latines.

Encablure
Ancienne unité de mesure dans la marine utilisée pour estimer de petites distances (une encablure équivaut à environ 200 m).

Hauban
Cordage qui sert à maintenir et à soutenir les mâts du navire.

Latitude
Distance qui sépare un point de la surface terrestre à l'équateur, le grand cercle imaginaire qui sépare la Terre en deux.

Louvoyer
Naviguer en zigzag pour atteindre un but situé dans la direction du vent.

Maravédis
Monnaie espagnole de petite valeur qui avait cours au Moyen Âge.

Mutinerie
Refus de se soumettre aux ordres. Les mutins se révoltent contre l'autorité de leur chef.

Rade
Grand bassin naturel ou artificiel qui sert d'abri aux bateaux et a une issue libre vers la mer.

Timonier
Homme d'équipage chargé de diriger le bateau en tenant la barre du gouvernail.

Tribord
Côté droit d'un bateau lorsque l'on regarde vers l'avant.

Vigie
Marin posté sur une plate-forme calée sur les mâts et chargé de signaler les récifs, les bateaux et la Terre.